D0570910

Y si...

Sarah Perry

Museo J. Paul Getty, Children's Library Press y ARTES DE MÉXICO Artes de México

The J. Paul Getty Museum
1200 Getty Center Drive
Suite 1000
Los Angeles, California 90049-1687

First Spanish Edition

Children's Library Press
P.O. Box 2609
Venice, California 90294

At the J. Paul Getty Museum:
Christopher Hudson, Publisher
Mark Greenberg, Managing Editor
John Harris, Editor

At J. Paul Getty Trust Publication Services:
Suzanne Petralli Meilleur, Production Coordinator

At Children's Library Press:
Jerry Sohn, Publisher
Teresa Bjornson, Editor in Chief

Separations by Heinz Weber, Inc., Los Angeles, California
Printed and bound by Tien Wah Press, Singapore
Second printing

The Library of Congress has catalogued the English-language version of this title as follows:

Library of Congress Cataloging-in-Publication Data

Perry, Sarah
If... / Sarah Perry.
p. cm.
Summary: Illustrations present such imaginative possibilities as worms with wheels, caterpillar toothpaste, and whales in outer space.
ISBN 0-89236-321-5
[1. Imagination–Fiction] I. Title
PZ7.P43595If 1995
[E]–dc20 94-35108
CIP
AC

ISBN 0-89236-542-0 (U.S. Spanish-language edition)

Y si los gatos volaran…

Y si los ratones
fueran cabello…

Y si las lombrices
tuvieran ruedas...

Y si los sapos

comieran arco iris...

Y si los perros
fueran montañas…

Y si las cebras tuvieran
barras y estrellas…

Y si la música
pudiera tentarse…

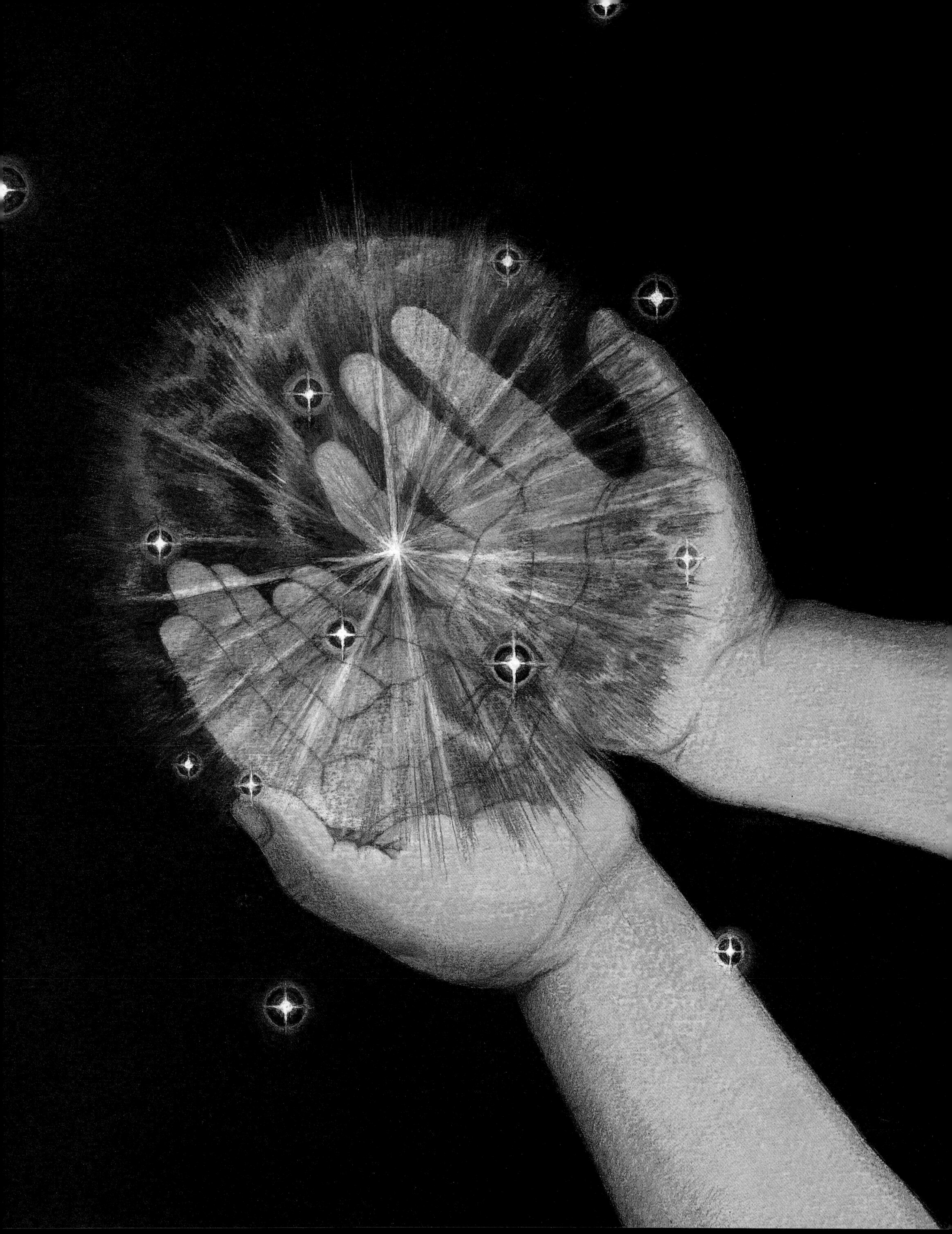

Y si lo feo fuera bello…

Y si los dedos del pie
fueran dientes…

Y si las orugas fueran
pasta de dientes...

Y si las ballenas
vivieran en el espacio…

Y si las hojas fueran peces…

Y si las nubes
fueran fantasmas…

Y si pudieras vestirte
de mariposas…

Y si de los relámpagos
salieran rinocerontes…

Y si las hormigas
pudieran contar…

Y si la luna fuera cuadrada…

Y si los niños tuvieran rabo…

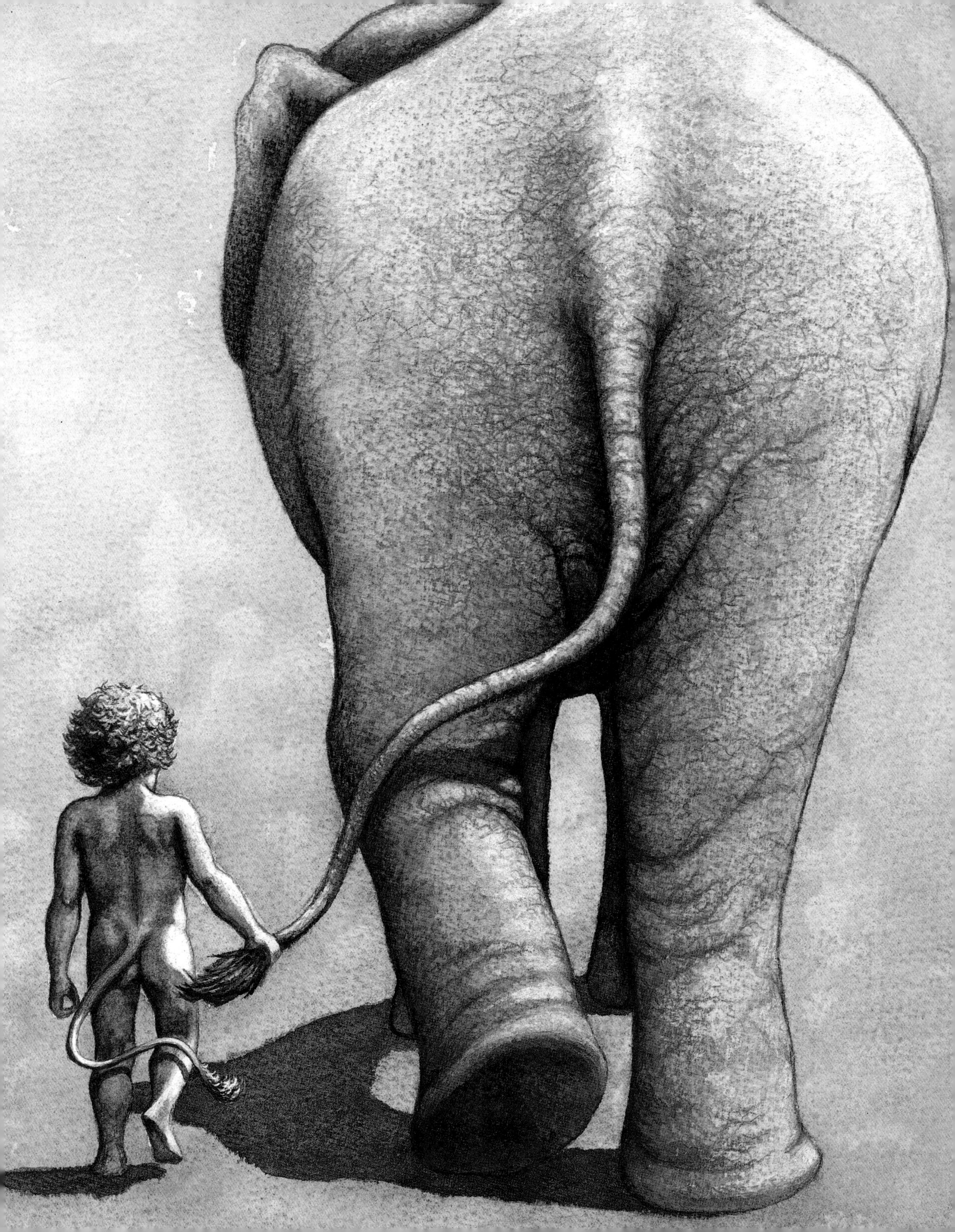

Y si las arañas
supieran leer braille…

Y si los colibríes
contaran secretos…

Y como éste es el final...

¡sigue soñando un poco más!